Ashita saku hana

熊坂よし江川柳句集

あした咲く花

Senryu magazine
Colleccion No.10

Kumasaka Yoshie SENRYU Collection

新葉館出版

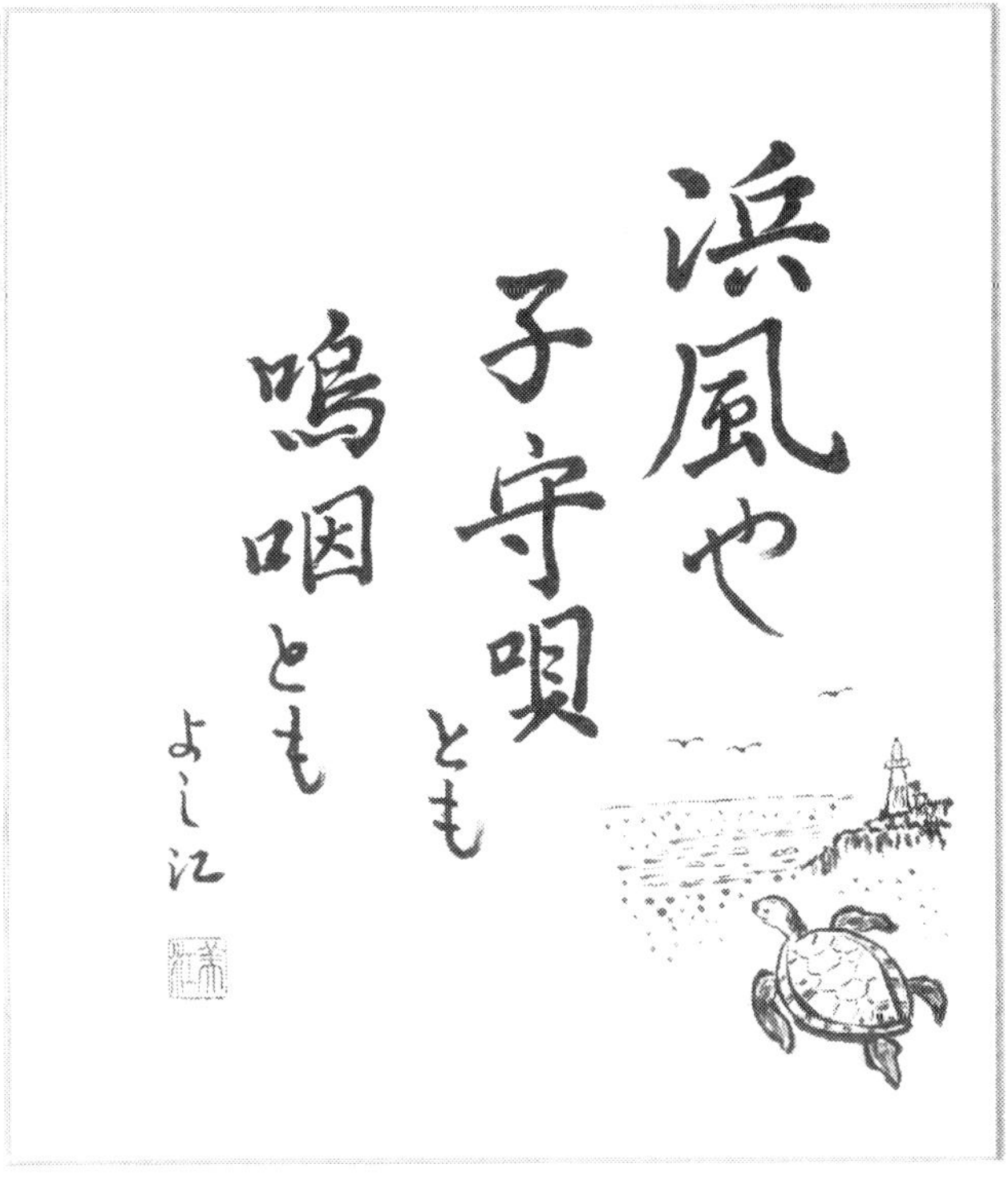

第10回川柳マガジン文学賞大賞受賞作より
書：著者

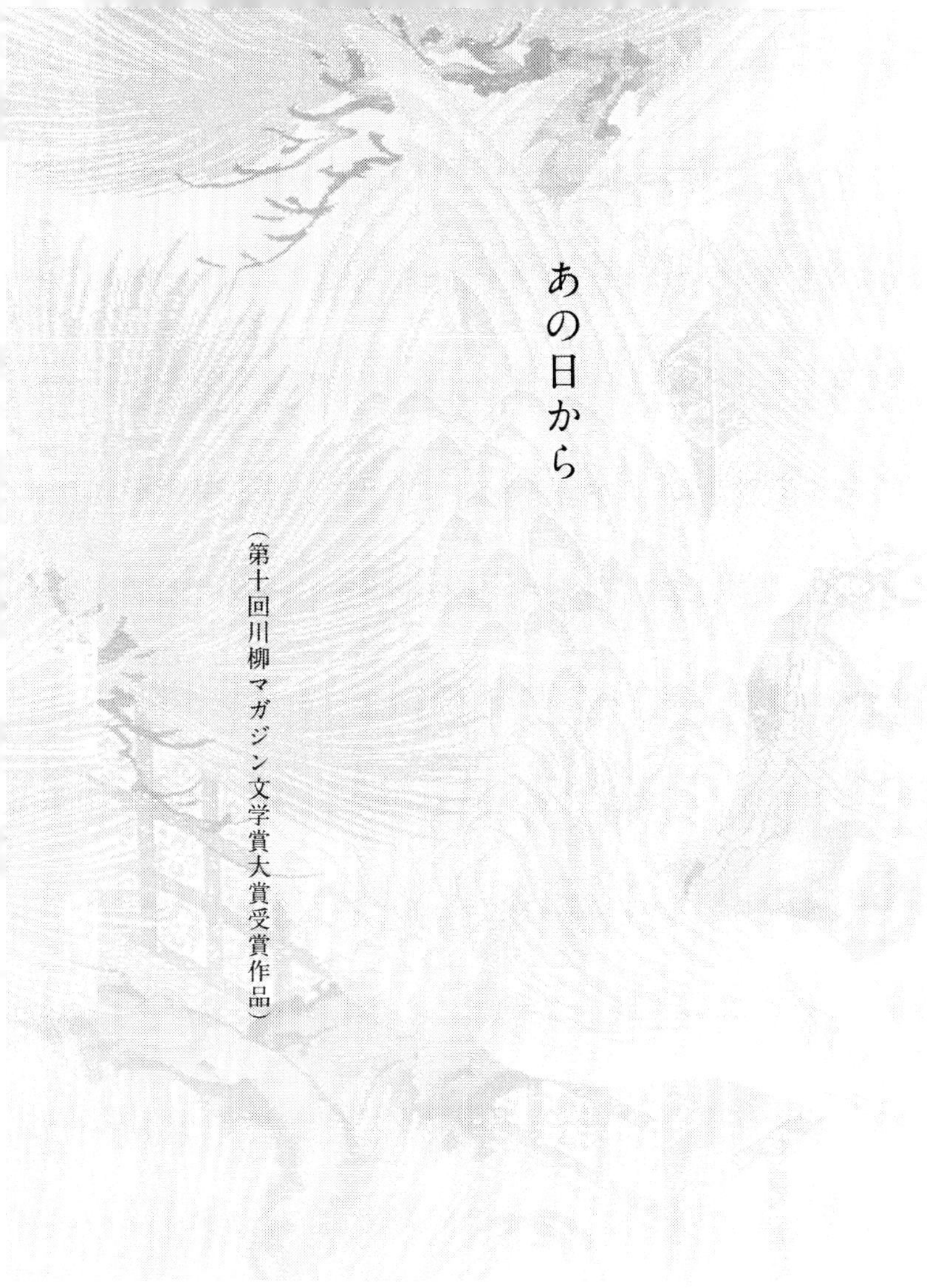

あの日から

（第十回川柳マガジン文学賞大賞受賞作品）

浜風や子守唄とも嗚咽とも

神さまは何故許したの原子の火

シーベルト地球のどこに捨てますか

除染した澱食べさせる深海魚

風評に惑う我が身が可愛くて

折れたがる心に探す太い杖

帰り来る人待ちきれず散るサクラ

放射線浴びても花のうつくしさ

沙羅の花敷きつめました盆供養

線量計喪章の如く付ける日々

あした咲く花

あした咲く花

合掌する手

第一章

大震災昨日が今日につながらぬ

地球裂け神はいるのか居ないのか

霊長の鼻圧し折った震度計

平穏が貴重だったとさとる日々
多情多恨大地はこころ測らせぬ
放射線息吸うべきか吐くべきか

天上界に避難しますか原発禍
原発に泣く土地だとて捨てられぬ
それ以下も以上も要らぬいのち無事

物はもう要らぬ命があるならば
基準値とデマが平和の里に波
見て住んで知ってくださいお偉方

原発がそろりそろりと出すホント
隠し事まだ原発にありそうな
発表の裏さぐる癖かなしいな

人災を地殻のせいにする勿れ
安全のレッテル空気にも欲しい
瓦礫瓦礫見慣れた浜に哭かされる

春風に乗って風評駆けめぐる

月光のシャワーに寡黙被曝の地

人住めぬここもやさしい陽がそそぐ

フクシマを知ればできない再稼動
シーベルトみどりの筆で消せるなら
一時帰宅にものものものしさの防護服

除染除染瑞穂の国が痩せていく
たましいも削る田畑を除染して
自家米を涙で捨てるシーベルト

野に山に実り哀しい放射線
干柿の線量なげく柿の赤
風評へゼロ証明で立ち向かう

フクシマの疵に札束積んだとて
線量計見るたびストレスを増やす
人間不信牛は虚しく鳴くばかり

汚染地を健気に牛の群れ駆ける
セシウムに負けまいとして草伸びる
ハローワーク被災地に灯を消さないで

運勢欄チェックしているあの日以後
泣ききって光つかんだ底力
三・一一忘れ上手にまだなれぬ

身一つで生き抜く寒い仮設の灯

初体験雪に埋まった仮住まい

天真爛漫孫の笑顔が呼ぶ気力

雪しきりキャベツまぁるく甘くなる
この寒さ越えねば蕾ひらかない
飛ばされた地で伸びる芽の逞しさ

手足利く限り行きますボランティア

懐メロのやさしさ心ほぐれゆく

琴の音にハートとハート響き合う

モーツァルト流れて空気和ませる
盲目の十指きらきらピアノソロ
オカリナの響きに満ちるアルファー波

桜咲く方にしましょう明日の道
約束のごと瓦礫にも春が咲く
春風と仲良くダンス紫木蓮

心根の澄みきる午後のハーブティー

本音透けるアジサイは色変えたとて

アサガオとラジオ体操して元気

凛としてメタセコイアは天を向く

菊花展終えて始まる菊作り

千輪菊みごとに咲かせ根は無口

反省の土がはぐくむ大輪花

抱きしめて育てて土は驕らない

庭仕事耳はラジオに貸してある

吐き出せぬ思い託した花言葉
口下手の思いを花にしゃべらせる
ニンゲンの非情ブドウに種が無い

酌み交わすグラスに満ちてゆく絆
コンビニで空気買うだろ次代の子
自販機のなんと虚ろなアリガトウ

その御恩忘れ地球へ核のゴミ
原子炉に明日を丸投げなどできぬ
終わる日の見えぬ除染が食う予算

平和っていいねわくわくする五輪

荒れる川宥めるように地蔵尊

うつくしい心信じる無人売り

その汗も泪も神はお見通し
合掌の手から生まれてくる光
明日は明日大きな笑顔咲かそうよ

ちちははの色

第二章

スタッフもみんな花です開院日

朝一番にお待ちしてます福の神

皇室も女性に光り当て始め

いい予感きれいに朝の玉子焼き

揉め事も自慢話も診て名医

待合室病気自慢を聞かされる

同郷と知ってほぐれる初対面
先輩の顔で同病話し好き
点滴の愛が六腑に沁みとおる

一ダース産む母いずこ少子国

親になるこころ育てる母子手帳

ちちははの歓喜一気に刷いて虹

受胎告知祖父母にも夢とどけられ

胎動に母のミシンのリズミカル

「なでしこ」を視れば胎児もいいキック

腹帯を庇いいたわる母と姑
陣痛に祈ってパパの落ち着かず
空気ピリリ尖りに尖る手術室

産声にパッと笑顔が咲きみちる
産むまでの悩み消してく呱々の声
生む自信あれば何にも怖くない

産声が明るさ灯す被災の地
嬰児室グラムで夢が育ちます
あした咲く花すこやかにいい寝顔

ほやほやのいのちにママの頼もしさ

保育器の数値希望をふくらます

一人前保育器クシャミ大あくび

筆太に墨くろぐろと命名紙
産んだ幸ほとばしります両乳房
ぷくぷくのお手々が握る無限大

産声にもうオモチャ屋へ祖父母たち
おっぱいに妬ましい目が注がれる
半分こ覚え長女のいじらしさ

子が育つ母の自由をよく食べて

育児書を読むほど心揺れたがる

新入学一人に過疎が沸いている

成人式もう夢に描くおばぁちゃん
読み聞かせ小人と遊びつつ夢路
往きは良い良い帰り思わぬ子連れ旅

子育てに程よくプラス祖母の飴

負んぶに抱っこあの忙しさ幸せさ

糊舐めてから子雀に成長期

碧空へ部活の汗を干しあげる

ペダルぐんぐん緑の風と行く親子

元日の白衣パリッと先ずプレス

白衣に手通せば背筋ピンとする

一喜一憂医師の言葉にある重み

ポケベルが院長縛る二十四時

時々は心洗おう医師だとて
ガイドブック心たちまち空を飛ぶ
地球儀の裏まで観たいパスポート

遠くないブラジル従姉弟たちが居て
巡るほど知るほど地球魅力的
リフレッシュして帰ります休診日

お土産に待つのは無事な日焼け顔

アルバムが炬燵で旅を巻きもどす

じっくりと反芻しつつ旅日記

人不足ハローワークも空手形

気にかかる音撒いて跳ぶ救急車

主婦の顔白衣に伏せて深夜勤

ピーポーがとびこみ眠む気吹き飛ばす

医師よりも胎児が決める出産日

ナース室なお煌々と二十五時

天職に悔いはなかった駆けつづけ

通夜経と張り合うような涙雨

父と距離縮めてくれたのは弔辞

あの世見て来たらし住職の法話

悔いいくつ積んでも月日戻らない

またハート濡らして去った千の風

特大の満月あなた映せたら
そよ風のアナタに日々を守られる
蓮の露ひとしずくにも在るほとけ

何もかも幻のごと忌がめぐる
若さなど尽きぬと信じてた迂闊
保証人の重み三文判に載せ

二つ返事の友のハンコが目に痛い

強がって一人の夜に拭く涙

太陽にピエロは涙など見せぬ

先ず笑顔保存しましょう朝鏡
箸一膳今日を明るくつつましく
こころって何だろ笑う日泣きたい日

涙拭くハンカチくれたのはアナタ
似た影をふと追っていく三回忌
草むしる執着心を剥ぐように

柔らかな受身が世間丸くする

背の丸さヒトもキュウリも味がいい

子の目には父母どんな色かたち

孫ひまごパッと灯した千ワット
だれの真似何祈るのかモミジの手
あの虹をきっとつかむと曾孫《ひこ》育つ

棚にいてこけしそれぞれ故郷《くに》自慢
がんばった一日でした仕舞い風呂
会者定離なお悟りには遠いまま

雨上がり音なく架かる二つ虹

夕映えの輝きもしかしてアナタ

満月に夜空を託し大落暉

第三章

笑顔きらきら

ホーホケキョ春きよらかにスタンバイ

子育ての手抜き埋めたい孫の守り

熱の子に代われない身がおろおろと

病む窓に焦らないでと朧月

朝焼けだやっと寝息の児にホッと

お人好し今日も譲ってビリにいる

子を打った夜の布団が固すぎる

空気読む機敏次男にかなわない

ケータイに網かけておく親ごころ

悩んでる息子に声もかけられず
弾まない鞠も笑顔の愛おしさ
さみしさのかたちか踵踏みつぶす

いじめっ子君も悩んでいるんだね
ＡＴＭじゃ親の体温とどかない
飴配る方になびきたがる本音

型枠を嫌う子の描く世界地図

明日の虹つかむつかむと行ったきり

若いっていいな財産かも知れぬ

転けた石踏み台にした大ジャンプ

子が見てる背中だ家訓記すべし

半人前屁理屈で父越えたがる

ハンバーグビタミン愛の味がする
家族らの笑顔はぐくむ調理台
うす塩に飼いならされるそれも愛

真夜中の流し浅蜊のツイッター

一匙の砂糖で丸くお付き合い

子の背丈靴が玄関狭くする

太陽を食べてと真っ赤「無袋ふじ」

哀しみの味に少女は磨かれる

子どもらよ良い遺伝子も上げたよね

巣立てない雛なら明日も抱き続け

オンリーワン伸び遅い芽がいとおしい

駄々っ子を個性的ねと褒め上手

大器晩成親は期待をたたまない
千年杉ごらん悩みの阿呆らしさ
記念樹を残して子らは戻らない

婚活に母親だけが燃えている

君のほか見えぬ聞こえぬ一目惚れ

いい返事まだかストロー上下させ

逢えた日を想うハンカチ捨てられず

イチゴ載せお喋り好きなケーキたち

北一途磁石の愛は乱れない

震源はアナタ血圧また上がる

きっといい人ねペン字が尖らない

ふと洩らす一言に見るお人柄

ハッとする嫁ぐうなじのあでやかさ

呆け防止優しい嫁がこき使う

因習をあっけらかんと破る嫁

裏までは見ない聞くまい嫁姑

人気《ひとけ》ないベンチで暫し哲学者

生半可ばかり溜めこむ斜め読み

読書三昧すてきな日曜が暮れる

ここまでを栞にあずけ夕支度

鍵増やしお隣さんを遠くする

冷え込んだハートも寄っといで炬燵

耐えて耐え味の良くなる寒晒し

雪の笠微笑み消さぬ六地蔵

使うほど撒くほど増えてゆく笑顔

足裏は寡黙　支えて誇らない

節分の鬼はどこまで逃げたやら

その足は見せず優雅に行く白鳥《スワン》

ミリの差になおもこだわる匠の目

一夜咲くためサボテンに四季めぐる

指輪よりハート光らせてると母

泣く笑う母は素直に老い給う

細い手を握れば親に詫びばかり

生きる道示して父母の尊厳死
亡母さんの針目やっぱり捨てられず
今朝もまた鏡の亡母に見守られ

わたくしを溶かねば描けぬ仏画筆
素のままの喜怒哀楽に筆あそぶ
怖いなぁ心くっきり曝す筆

たましいの線で筆擱く仏の絵
煩悩を燃やしきれない曼珠沙華
鎮魂の想いに寡黙シクラメン

澄む心求めつづける写経筆

表装がつたない筆に品と格

特製の画布に出直す日のアート

めくるめくアートが酔わす万華鏡

川汚染もう真っ白にこだわらぬ

年経ても癒える日のないいくさ疵

飽食の国の隅には餓死ニュース
居酒屋で政治評論家が育つ
おでん屋に癒着論議の熱い湯気

明日の世を託して重い投票紙
一票を義理の数では分けられず
子や孫の明日をよろしく第九条

汗かかぬ鋏ずらりと切るテープ

蜜の味罠の仕掛けにご用心

札束が裏で良心ねらい撃つ

右に倣い寄付はケチらず多からず

不都合は上手く忘れるから達者

大掃除こころの垢もさっぱりと

ピンク好き若い空気を食べたくて
辞書の海泳いで老いを寄せ付けず
焦る日ものんびりしても二十四時

地球とてゆとり求めてうるう秒

百歳を目指して食べるよくしゃべる

百寿越す履歴書透ける日焼け顔

笑い皺こころの豊かさが魅せる
心にも陽よ降りそそげサクラ咲け
明日の米研いで健康予約する

まっすぐな生き様見せる厚い爪
存分を超えれば月は欠けていく
笑顔きらきら汗かく恥もかきながら

人が好きこの世が好きな五目飯
燃えに燃え散る日へ紅葉わずらわず
笑顔撒く平和の種を蒔くように

あとがき

夢のままと思っていた文学賞大賞。今回『あの日から』を目にとめて頂き真にありがとうございました。あの当時、家も家族も無事だった私でさえ頻繁な余震と放射線に怯え、遣り場のない不安や憤りの日々でした。しかし胸の中を吐き出す句を考える内に、落着きを取り戻し癒されもします。「あぁ川柳がそばに居てよかった！」。

次は、暗くならぬよう子育てや夫と共に働くことに懸命で喜びだった日々を並べました。多くのスタッフや地域の皆様に恵まれ助けられても小医院の妻に八面六臂は当たり前。まして産科は夜も休日も無く、薬剤師のはずの私が周りには休日夜間の看護婦（師）かと思われたりしました。家事は手抜き我が子はつい後回し。子供や看護学生の弁当にまで気が回らず、今思うと赤面の思いも少なくありません。けれども寝不足で疲れていても、元気な産声が響けば忽ち報われ周り中が喜びいっぱい、とても幸せでした。

夫はその合い間を遣り繰って学会などの勉強会、好きな登山や旅行に出かけておりました。留守中は夫に代わる気配りが要るし子供達もいるので「もう少し暇ができたら二人で」と。私もその日が楽しみでしたが、夫はちょっと臥せっただけでさっさと遠くへ旅立ってしまいます。

その時も柳友などの皆様に支えられ作句に慰め癒され…。ようやくこの頃振り返る気持も出てきて、躊躇していた当時の句も思い切って御披露し、自分史的になりました。川柳はもう心身の一部なのでしょう。

以前の私は、こつこつと解く数学が大好きの理系人間でした。それが家業も子育てにもホッと一息の還暦間近、ふと出会ったのが答の定まらない川柳。「すぐやめてもいい」と思って始めたのに忽ち虜です。頭の固い私に「モノは真正面の他、横や裏からも見て！」と。また「句は本音で詠み本心を吐く」「恥を曝して」とも言われます。本心には自分で案外気付かないし、恥をかくのは勇気が要ります。この歳になり、もっとオトナになれる勉強をしているのかも知れません。

あの日から二年余り。しかし現状は復興に程遠く大震災後の原発禍、風評被害、遅い除染…。でもみんな負けません。先日、私も楽しんでいる琴伝流大正琴の福島県大会で、私のグループは復興支援ソング『花は咲く』を四部合奏しました。被災地に渦巻く生者死者を問わぬ無念の思いや願いと期待。素敵な花の咲く明日を信じ、明るく進んで行きたいと思うばかりです。

先生方や先輩、お仲間の皆様のお陰でここまでこられ嬉しくありがたいです。今なお試行錯誤の作句ですが、トシに甘えず恥も冷や汗もかいて、句も心も磨けたらなどと願っております。今後もよろしくお願い致します。

出版の大きなチャンスと明るい光をくださった新葉館出版の皆様にも心から感謝と御礼を申し上げます。

二〇一三年　実りの秋に

復興と脱原発へ手をつなぐ

熊坂よし江

●Profile

熊坂よし江　（くまさか・よしえ）

本名：美江（よしえ）。昭和5（1930）年、名古屋市生まれ。昭和61年、ＮＨＫ学園通信教育講座で川柳に出会う。平成元年、福島日輪川柳社入会、清水支部所属。平成10年、福島県川柳賞正賞受賞。平成18年、ＮＨＫ学園生涯学習賞受賞。平成24年、川柳マガジン文学賞大賞受賞。

福島県川柳連盟理事、福島民報社・民報川柳友の会副会長、福島日輪川柳社清水支部会長。

句集『夢あかり』、選句集『はる　なつ　あき　ふゆ』、句集『川柳作家全集　熊坂よし江』。

住所　〒960-8253　福島市泉字清水内18-11

あした咲く花

川柳マガジンコレクション10

○

平成25年9月23日　初版発行

著　者

熊　坂　よし江

発行人

松　岡　恭　子

発行所

新　葉　館　出　版

大阪市東成区玉津1丁目9－16 4F 〒537－0023

TEL06－4259－3777　FAX06－4259－3888

http://shinyokan.ne.jp/

印刷所

株式会社アネモネ

○

定価はカバーに表示してあります。

ISBN978-4-86044-494-5